# 540 部首簿

說文解字

# 編者言

語文科系的學生，甚至每一個以漢語為母語、書寫漢字的人，皆宜具備漢語、漢字的基本的知識。漢語形、音、義三位一體，在全世界的語言體系裡極為特殊；漢字，更有著豐富的文化底蘊。文字學說解漢語之「形」，是學習基礎學科——小學的起手勢。

學習任何一門學科，必須有材料、有次第；學習文字學，當以《說文解字》為材料、以部首為開端。東漢許慎《說文解字》將九千五百三十三個漢字，依循「形義統一」原則，按嚴密的體例編排，逐一解釋，呈現漢字的構形系統和上古漢語的詞義系統，實為開創性的語言學著作。其中五百四十部首，是最基礎的漢字；了解這五百四十字，即能掌握漢字的意義和構成，奠定傳統小學的基礎。

本練習簿的設計，秉持傳統小學質樸的精神，回歸學習的自主性。本諸《說文解字》，培養學生熟稔原典、分析文字能力為要務。以句讀《說文解字》為始，探索文字發展脈絡、理解文字本義和構成、辨析構形。探索文字發展脈絡，立足於篆文，溯源古文字（甲骨文、金文、戰國文字）、連結現今楷書；保存重文，了解文字異體。抄錄本義和構成，從中摸索辨析文字構形法則。查考古文字之時，運用《古文字詁林》、《甲骨文字典》等書籍，參照中央研究院之「文字小學堂」https://xiaoxue.iis.sinica.edu.tw/、中華文化總會之「中華語文知識庫」www.chinese-linguipedia.org、香港中文大學人文電算研究中心之「漢語多功能字庫」https://humanum.arts.cuhk.edu.hk/Lexis/lexi-mf/ 等，兼備運用工具書與資料庫的能力，以為日後學習、教學與研究之用。

學習當慎始、貴終、持恒，切勿躁進，忌虎頭蛇尾。如賢者之言「真積力久則入。學至乎沒而後止也。」（《荀子．勸學》）～與朋友們共勉。

周碧香

謹書於臺中教育大學壬寅年巧月望日

| | | | | | | |
|---|---|---|---|---|---|---|
| | | | | | | 篆文 |
| | | | | | | 古文字 |
| | | | | | | 楷ㄎㄞˇ書ㄕㄨ |
| | | | | | | 解釋：本義 |
| | | | | | | 解釋：構造 |
| | | | | | | 重文 |
| | | | | | | 六書分類 |

| | | | | | | |
|---|---|---|---|---|---|---|
| 篆文 | | | | | | |
| 古文字 | | | | | | |
| 楷ㄎㄞˇ書ㄕㄨ | | | | | | |
| 解釋 本義 | | | | | | |
| 解釋 構造 | | | | | | |
| 重文 | | | | | | |
| 六書分類 | | | | | | |

| | | | | | | |
|---|---|---|---|---|---|---|
| 篆文 | | | | | | |
| 古文字 | | | | | | |
| 楷ㄎㄞˇ書ㄕㄨ | | | | | | |
| 解釋：本義 | | | | | | |
| 解釋：構造 | | | | | | |
| 重文 | | | | | | |
| 六書分類 | | | | | | |

| | | | | | | | |
|---|---|---|---|---|---|---|---|
| 篆文 | | | | | | | |
| 古文字 | | | | | | | |
| 楷書 | | | | | | | |
| 解釋 | 本義 | | | | | | |
| | 構造 | | | | | | |
| 重文 | | | | | | | |
| 六書分類 | | | | | | | |

| | | | | | | |
|---|---|---|---|---|---|---|
| 篆文 | | | | | | |
| 古文字 | | | | | | |
| 楷書 | | | | | | |
| 解釋 本義 | | | | | | |
| 解釋 構造 | | | | | | |
| 重文 | | | | | | |
| 六書分類 | | | | | | |

| | | | | | | |
|---|---|---|---|---|---|---|
| 篆文 | | | | | | | |
| 古文字 | | | | | | | |
| 楷ㄎㄞˇ書ㄕㄨ | | | | | | | |
| 解釋 | 本義 | | | | | | |
| | 構造 | | | | | | |
| 重文 | | | | | | | |
| 六書分類 | | | | | | | |

| | | | | | | | |
|---|---|---|---|---|---|---|---|
| 篆文 | | | | | | | |
| 古文字 | | | | | | | |
| 楷書 | | | | | | | |
| 解釋 | 本義 | | | | | | |
| | 構造 | | | | | | |
| 重文 | | | | | | | |
| 六書分類 | | | | | | | |

| | | | | | | | |
|---|---|---|---|---|---|---|---|
| 篆文 | | | | | | | |
| 古文字 | | | | | | | |
| 楷書(ㄎㄞˇ ㄕㄨ) | | | | | | | |
| 解釋 | 本義 | | | | | | |
| | 構造 | | | | | | |
| 重文 | | | | | | | |
| 六書分類 | | | | | | | |

| | | | | | | | |
|---|---|---|---|---|---|---|---|
| 篆文 | | | | | | | |
| 古文字 | | | | | | | |
| 楷(ㄎㄞˇ)書(ㄕㄨ) | | | | | | | |
| 解釋 | 本義 | | | | | | |
| | 構造 | | | | | | |
| 重文 | | | | | | | |
| 六書分類 | | | | | | | |

| | | | | | | |
|---|---|---|---|---|---|---|
| 篆文 | | | | | | |
| 古文字 | | | | | | |
| 楷書 | | | | | | |
| 解釋 本義 | | | | | | |
| 解釋 構造 | | | | | | |
| 重文 | | | | | | |
| 六書分類 | | | | | | |

| | | | | | | | |
|---|---|---|---|---|---|---|---|
| 篆文 | | | | | | | |
| 古文字 | | | | | | | |
| 楷ㄎㄞˇ書ㄕㄨ | | | | | | | |
| 解釋 | 本義 | | | | | | |
| | 構造 | | | | | | |
| 重文 | | | | | | | |
| 六書分類 | | | | | | | |

| | | | | | | |
|---|---|---|---|---|---|---|
| 篆文 | | | | | | |
| 古文字 | | | | | | |
| 楷ㄎㄞˇ書ㄕㄨ | | | | | | |
| 解釋 本義 | | | | | | |
| 解釋 構造 | | | | | | |
| 重文 | | | | | | |
| 六書分類 | | | | | | |

| | | | | | | |
|---|---|---|---|---|---|---|
| 篆文 | | | | | | |
| 古文字 | | | | | | |
| 楷書 | | | | | | |
| 解釋：本義 | | | | | | |
| 解釋：構造 | | | | | | |
| 重文 | | | | | | |
| 六書分類 | | | | | | |

| | | | | | | |
|---|---|---|---|---|---|---|
| 篆文 | | | | | | |
| 古文字 | | | | | | |
| 楷書 | | | | | | |
| 解釋 本義 | | | | | | |
| 解釋 構造 | | | | | | |
| 重文 | | | | | | |
| 六書分類 | | | | | | |

| | | | | | | | |
|---|---|---|---|---|---|---|---|
| | | | | | | 篆文 | |
| | | | | | | 古文字 | |
| | | | | | | 楷ㄎㄞˇ書ㄕㄨ | |
| | | | | | | 本義 | 解釋 |
| | | | | | | 構造 | |
| | | | | | | 重文 | |
| | | | | | | 六書分類 | |

| | | | | | | | |
|---|---|---|---|---|---|---|---|
| 篆文 | | | | | | | |
| 古文字 | | | | | | | |
| 楷ㄎㄞˇ書ㄕㄨ | | | | | | | |
| 解釋 | 本義 | | | | | | |
| | 構造 | | | | | | |
| 重文 | | | | | | | |
| 六書分類 | | | | | | | |

| | | | | | | |
|---|---|---|---|---|---|---|
| 篆文 | | | | | | |
| 古文字 | | | | | | |
| 楷ㄎㄞˇ書ㄕㄨ | | | | | | |
| 解釋：本義 | | | | | | |
| 解釋：構造 | | | | | | |
| 重文 | | | | | | |
| 六書分類 | | | | | | |

| | | | | | | |
|---|---|---|---|---|---|---|
| 篆文 | | | | | | |
| 古文字 | | | | | | |
| 楷書 | | | | | | |
| 解釋 本義 | | | | | | |
| 解釋 構造 | | | | | | |
| 重文 | | | | | | |
| 六書分類 | | | | | | |

| | | | | | | | |
|---|---|---|---|---|---|---|---|
| 篆文 | | | | | | | |
| 古文字 | | | | | | | |
| 楷書 | | | | | | | |
| 解釋 | 本義 | | | | | | |
| | 構造 | | | | | | |
| 重文 | | | | | | | |
| 六書分類 | | | | | | | |

| | | | | | | | |
|---|---|---|---|---|---|---|---|
| | | | | | | 篆文 | |
| | | | | | | 古文字 | |
| | | | | | | 楷ㄎㄞˇ書ㄕㄨ | |
| | | | | | | 本義 | 解釋 |
| | | | | | | 構造 | 解釋 |
| | | | | | | 重文 | |
| | | | | | | 六書分類 | |

| | | | | | | |
|---|---|---|---|---|---|---|
| 篆文 | | | | | | |
| 古文字 | | | | | | |
| 楷(ㄎㄞˇ)書(ㄕㄨ) | | | | | | |
| 解釋：本義 | | | | | | |
| 解釋：構造 | | | | | | |
| 重文 | | | | | | |
| 六書分類 | | | | | | |

| | | | | | | |
|---|---|---|---|---|---|---|
| 篆文 | | | | | | |
| 古文字 | | | | | | |
| 楷(ㄎㄞˇ)書(ㄕㄨ) | | | | | | |
| 解釋：本義 | | | | | | |
| 解釋：構造 | | | | | | |
| 重文 | | | | | | |
| 六書分類 | | | | | | |

| | | | | | | | |
|---|---|---|---|---|---|---|---|
| | | | | | | | 篆文 |
| | | | | | | | 古文字 |
| | | | | | | | 楷ㄎㄞˇ書ㄕㄨ |
| | | | | | | 本義 | 解釋 |
| | | | | | | 構造 | 解釋 |
| | | | | | | | 重文 |
| | | | | | | | 六書分類 |

| | | | | | | |
|---|---|---|---|---|---|---|
| 篆文 | | | | | | |
| 古文字 | | | | | | |
| 楷(ㄎㄞˇ)書(ㄕㄨ) | | | | | | |
| 解釋 本義 | | | | | | |
| 解釋 構造 | | | | | | |
| 重文 | | | | | | |
| 六書分類 | | | | | | |

| | | | | | | |
|---|---|---|---|---|---|---|
| 篆文 | | | | | | |
| 古文字 | | | | | | |
| 楷書 | | | | | | |
| 解釋 本義 | | | | | | |
| 解釋 構造 | | | | | | |
| 重文 | | | | | | |
| 六書分類 | | | | | | |

| | | | | | | |
|---|---|---|---|---|---|---|
| 篆文 | | | | | | |
| 古文字 | | | | | | |
| 楷ㄎㄞˇ書ㄕㄨ | | | | | | |
| 解釋 本義 | | | | | | |
| 解釋 構造 | | | | | | |
| 重文 | | | | | | |
| 六書分類 | | | | | | |

| | | | | | | | |
|---|---|---|---|---|---|---|---|
| 篆文 | | | | | | | |
| 古文字 | | | | | | | |
| 楷書 | | | | | | | |
| 解釋 | 本義 | | | | | | |
| | 構造 | | | | | | |
| 重文 | | | | | | | |
| 六書分類 | | | | | | | |

| | | | | | | |
|---|---|---|---|---|---|---|
| 篆文 | | | | | | |
| 古文字 | | | | | | |
| 楷ㄎㄞˇ書ㄕㄨ | | | | | | |
| 解釋 本義 | | | | | | |
| 解釋 構造 | | | | | | |
| 重文 | | | | | | |
| 六書分類 | | | | | | |

| | | | | | | |
|---|---|---|---|---|---|---|
| 篆文 | | | | | | |
| 古文字 | | | | | | |
| 楷ㄎㄞˇ書ㄕㄨ | | | | | | |
| 解釋：本義 | | | | | | |
| 解釋：構造 | | | | | | |
| 重文 | | | | | | |
| 六書分類 | | | | | | |

| | | | | | | | |
|---|---|---|---|---|---|---|---|
| 篆文 | | | | | | | |
| 古文字 | | | | | | | |
| 楷ㄎㄞˇ書ㄕㄨ | | | | | | | |
| 解釋 | 本義 | | | | | | |
| 解釋 | 構造 | | | | | | |
| 重文 | | | | | | | |
| 六書分類 | | | | | | | |

| | | | | | | | |
|---|---|---|---|---|---|---|---|
| 篆文 | | | | | | | |
| 古文字 | | | | | | | |
| 楷書 | | | | | | | |
| 解釋 | 本義 | | | | | | |
| | 構造 | | | | | | |
| 重文 | | | | | | | |
| 六書分類 | | | | | | | |

| | | | | | | | |
|---|---|---|---|---|---|---|---|
| | | | | | | 篆文 | |
| | | | | | | 古文字 | |
| | | | | | | 楷書 | |
| | | | | | | 本義 | 解釋 |
| | | | | | | 構造 | |
| | | | | | | 重文 | |
| | | | | | | 六書分類 | |

| | | | | | | |
|---|---|---|---|---|---|---|
| | | | | | | 篆文 |
| | | | | | | 古文字 |
| | | | | | | 楷ㄎㄞˇ書ㄕㄨ |
| | | | | | | 解釋 本義 |
| | | | | | | 解釋 構造 |
| | | | | | | 重文 |
| | | | | | | 六書分類 |

| | | | | | | |
|---|---|---|---|---|---|---|
| 篆文 | | | | | | |
| 古文字 | | | | | | |
| 楷ㄎㄞˇ書ㄕㄨ | | | | | | |
| 解釋 本義 | | | | | | |
| 解釋 構造 | | | | | | |
| 重文 | | | | | | |
| 六書分類 | | | | | | |

| | | | | | | |
|---|---|---|---|---|---|---|
| 篆文 | | | | | | |
| 古文字 | | | | | | |
| 楷書（ㄎㄞˇ ㄕㄨ） | | | | | | |
| 解釋：本義 | | | | | | |
| 解釋：構造 | | | | | | |
| 重文 | | | | | | |
| 六書分類 | | | | | | |

| | | | | | | |
|---|---|---|---|---|---|---|
| 篆文 | | | | | | |
| 古文字 | | | | | | |
| 楷ㄎㄞˇ書ㄕㄨ | | | | | | |
| 解釋 本義 | | | | | | |
| 解釋 構造 | | | | | | |
| 重文 | | | | | | |
| 六書分類 | | | | | | |

| | | | | | | | |
|---|---|---|---|---|---|---|---|
| 篆文 | | | | | | | |
| 古文字 | | | | | | | |
| 楷ㄎㄞˇ書ㄕㄨ | | | | | | | |
| 解釋 | 本義 | | | | | | |
| | 構造 | | | | | | |
| 重文 | | | | | | | |
| 六書分類 | | | | | | | |

| | | | | | | | |
|---|---|---|---|---|---|---|---|
| 篆文 | | | | | | | |
| 古文字 | | | | | | | |
| 楷(ㄎㄞˇ)書(ㄕㄨ) | | | | | | | |
| 解釋 | 本義 | | | | | | |
| | 構造 | | | | | | |
| 重文 | | | | | | | |
| 六書分類 | | | | | | | |

| | | | | | | | |
|---|---|---|---|---|---|---|---|
| 篆文 | | | | | | | |
| 古文字 | | | | | | | |
| 楷書(ㄎㄞˇ ㄕㄨ) | | | | | | | |
| 解釋 | 本義 | | | | | | |
| | 構造 | | | | | | |
| 重文 | | | | | | | |
| 六書分類 | | | | | | | |

| | | | | | | |
|---|---|---|---|---|---|---|
| | | | | | | 篆文 |
| | | | | | | 古文字 |
| | | | | | | 楷書 |
| | | | | | | 解釋 本義 |
| | | | | | | 解釋 構造 |
| | | | | | | 重文 |
| | | | | | | 六書分類 |

| | | | | | | |
|---|---|---|---|---|---|---|
| 篆文 | | | | | | |
| 古文字 | | | | | | |
| 楷ㄎㄞˇ書ㄕㄨ | | | | | | |
| 解釋 本義 | | | | | | |
| 解釋 構造 | | | | | | |
| 重文 | | | | | | |
| 六書分類 | | | | | | |

| | | | | | | |
|---|---|---|---|---|---|---|
| 篆文 | | | | | | |
| 古文字 | | | | | | |
| 楷ㄎㄞˇ書ㄕㄨ | | | | | | |
| 解釋 本義 | | | | | | |
| 解釋 構造 | | | | | | |
| 重文 | | | | | | |
| 六書分類 | | | | | | |

| | | | | | | |
|---|---|---|---|---|---|---|
| | | | | | | 篆文 |
| | | | | | | 古文字 |
| | | | | | | 楷ㄎㄞˇ書ㄕㄨ |
| | | | | | | 解釋 本義 |
| | | | | | | 解釋 構造 |
| | | | | | | 重文 |
| | | | | | | 六書分類 |

| | | | | | | | |
|---|---|---|---|---|---|---|---|
| 篆文 | | | | | | | |
| 古文字 | | | | | | | |
| 楷書 | | | | | | | |
| 解釋 | 本義 | | | | | | |
| | 構造 | | | | | | |
| 重文 | | | | | | | |
| 六書分類 | | | | | | | |

| | | | | | | |
|---|---|---|---|---|---|---|
| 篆文 | | | | | | |
| 古文字 | | | | | | |
| 楷ㄎㄞˇ書ㄕㄨ | | | | | | |
| 解釋 本義 | | | | | | |
| 解釋 構造 | | | | | | |
| 重文 | | | | | | |
| 六書分類 | | | | | | |

| | | | | | | |
|---|---|---|---|---|---|---|
| 篆文 | | | | | | |
| 古文字 | | | | | | |
| 楷ㄎㄞˇ書ㄕㄨ | | | | | | |
| 解釋 本義 | | | | | | |
| 解釋 構造 | | | | | | |
| 重文 | | | | | | |
| 六書分類 | | | | | | |

| | | | | | | | |
|---|---|---|---|---|---|---|---|
| | | | | | | | 篆文 |
| | | | | | | | 古文字 |
| | | | | | | | 楷ㄎㄞˇ書ㄕㄨ |
| | | | | | | 解釋 | 本義 |
| | | | | | | | 構造 |
| | | | | | | | 重文 |
| | | | | | | | 六書分類 |

| | | | | | | | |
|---|---|---|---|---|---|---|---|
| 篆文 | | | | | | | |
| 古文字 | | | | | | | |
| 楷書 | | | | | | | |
| 解釋 | 本義 | | | | | | |
| | 構造 | | | | | | |
| 重文 | | | | | | | |
| 六書分類 | | | | | | | |

| | | | | | | |
|---|---|---|---|---|---|---|
| 篆文 | | | | | | |
| 古文字 | | | | | | |
| 楷ㄎㄞˇ書ㄕㄨ | | | | | | |
| 解釋 本義 | | | | | | |
| 解釋 構造 | | | | | | |
| 重文 | | | | | | |
| 六書分類 | | | | | | |

| | | | | | | |
|---|---|---|---|---|---|---|
| 篆文 | | | | | | |
| 古文字 | | | | | | |
| 楷ㄎㄞˇ書ㄕㄨ | | | | | | |
| 解釋 本義 | | | | | | |
| 解釋 構造 | | | | | | |
| 重文 | | | | | | |
| 六書分類 | | | | | | |

| | | | | | | | |
|---|---|---|---|---|---|---|---|
| 篆文 | | | | | | | |
| 古文字 | | | | | | | |
| 楷ㄎㄞˇ書ㄕㄨ | | | | | | | |
| 解釋 | 本義 | | | | | | |
| | 構造 | | | | | | |
| 重文 | | | | | | | |
| 六書分類 | | | | | | | |

| | | | | | | | |
|---|---|---|---|---|---|---|---|
| | | | | | | 篆文 | |
| | | | | | | 古文字 | |
| | | | | | | 楷ㄎㄞˇ書ㄕㄨ | |
| | | | | | | 本義 | 解釋 |
| | | | | | | 構造 | |
| | | | | | | 重文 | |
| | | | | | | 六書分類 | |

| | | | | | | | |
|---|---|---|---|---|---|---|---|
| 篆文 | | | | | | | |
| 古文字 | | | | | | | |
| 楷(ㄎㄞˇ)書(ㄕㄨ) | | | | | | | |
| 解釋 | 本義 | | | | | | |
| | 構造 | | | | | | |
| 重文 | | | | | | | |
| 六書分類 | | | | | | | |

| | | | | | | | |
|---|---|---|---|---|---|---|---|
| 篆文 | | | | | | | |
| 古文字 | | | | | | | |
| 楷書 | | | | | | | |
| 解釋 | 本義 | | | | | | |
| | 構造 | | | | | | |
| 重文 | | | | | | | |
| 六書分類 | | | | | | | |

| | | | | | | | |
|---|---|---|---|---|---|---|---|
| | | | | | | 篆文 | |
| | | | | | | 古文字 | |
| | | | | | | 楷ㄎㄞˇ書ㄕㄨ | |
| | | | | | | 本義 | 解釋 |
| | | | | | | 構造 | |
| | | | | | | 重文 | |
| | | | | | | 六書分類 | |

| | | | | | | |
|---|---|---|---|---|---|---|
| 篆文 | | | | | | |
| 古文字 | | | | | | |
| 楷ㄎㄞˇ書ㄕㄨ | | | | | | |
| 解釋 本義 | | | | | | |
| 解釋 構造 | | | | | | |
| 重文 | | | | | | |
| 六書分類 | | | | | | |

| | | | | | | | |
|---|---|---|---|---|---|---|---|
| 篆文 | | | | | | | |
| 古文字 | | | | | | | |
| 楷書 | | | | | | | |
| 解釋 | 本義 | | | | | | |
| | 構造 | | | | | | |
| 重文 | | | | | | | |
| 六書分類 | | | | | | | |

| | | | | | | |
|---|---|---|---|---|---|---|
| 篆文 | | | | | | |
| 古文字 | | | | | | |
| 楷書 | | | | | | |
| 解釋：本義 | | | | | | |
| 解釋：構造 | | | | | | |
| 重文 | | | | | | |
| 六書分類 | | | | | | |

| | | | | | | | |
|---|---|---|---|---|---|---|---|
| | | | | | | | 篆文 |
| | | | | | | | 古文字 |
| | | | | | | | 楷書 |
| | | | | | | 解釋 | 本義 |
| | | | | | | | 構造 |
| | | | | | | | 重文 |
| | | | | | | | 六書分類 |

| | | | | | | |
|---|---|---|---|---|---|---|
| 篆文 | | | | | | |
| 古文字 | | | | | | |
| 楷ㄎㄞˇ書ㄕㄨ | | | | | | |
| 解釋：本義 | | | | | | |
| 解釋：構造 | | | | | | |
| 重文 | | | | | | |
| 六書分類 | | | | | | |

| | | | | | | | |
|---|---|---|---|---|---|---|---|
| 篆文 | | | | | | | |
| 古文字 | | | | | | | |
| 楷(ㄎㄞˇ)書(ㄕㄨ) | | | | | | | |
| 解釋 | 本義 | | | | | | |
| | 構造 | | | | | | |
| 重文 | | | | | | | |
| 六書分類 | | | | | | | |

| | | | | | | | |
|---|---|---|---|---|---|---|---|
| 篆文 | | | | | | | |
| 古文字 | | | | | | | |
| 楷(ㄎㄞˇ)書(ㄕㄨ) | | | | | | | |
| 解釋 | 本義 | | | | | | |
| | 構造 | | | | | | |
| 重文 | | | | | | | |
| 六書分類 | | | | | | | |

| | | | | | | | |
|---|---|---|---|---|---|---|---|
| | | | | | | | 篆文 |
| | | | | | | | 古文字 |
| | | | | | | | 楷ㄎㄞˇ書ㄕㄨ |
| | | | | | | 本義 | 解釋 |
| | | | | | | 構造 | 解釋 |
| | | | | | | | 重文 |
| | | | | | | | 六書分類 |

| | | | | | | | |
|---|---|---|---|---|---|---|---|
| 篆文 | | | | | | | |
| 古文字 | | | | | | | |
| 楷書 | | | | | | | |
| 解釋 | 本義 | | | | | | |
| | 構造 | | | | | | |
| 重文 | | | | | | | |
| 六書分類 | | | | | | | |

| | | | | | | |
|---|---|---|---|---|---|---|
| 篆文 | | | | | | |
| 古文字 | | | | | | |
| 楷ㄎㄞˇ書ㄕㄨ | | | | | | |
| 解釋：本義 | | | | | | |
| 解釋：構造 | | | | | | |
| 重文 | | | | | | |
| 六書分類 | | | | | | |

| | | | | | | | |
|---|---|---|---|---|---|---|---|
| | | | | | | 篆文 | |
| | | | | | | 古文字 | |
| | | | | | | 楷ㄎㄞˇ書ㄕㄨ | |
| | | | | | | 本義 | 解釋 |
| | | | | | | 構造 | |
| | | | | | | 重文 | |
| | | | | | | 六書分類 | |

| | | | | | | | |
|---|---|---|---|---|---|---|---|
| 篆文 | | | | | | | |
| 古文字 | | | | | | | |
| 楷ㄎㄞˇ書ㄕㄨ | | | | | | | |
| 解釋 | 本義 | | | | | | |
| | 構造 | | | | | | |
| 重文 | | | | | | | |
| 六書分類 | | | | | | | |

| | | | | | | |
|---|---|---|---|---|---|---|
| 篆文 | | | | | | |
| 古文字 | | | | | | |
| 楷ㄎㄞˇ書ㄕㄨ | | | | | | |
| 解釋 本義 | | | | | | |
| 解釋 構造 | | | | | | |
| 重文 | | | | | | |
| 六書分類 | | | | | | |

| | | | | | | | |
|---|---|---|---|---|---|---|---|
| 篆文 | | | | | | | |
| 古文字 | | | | | | | |
| 楷ㄎㄞˇ書ㄕㄨ | | | | | | | |
| 解釋 | 本義 | | | | | | |
| | 構造 | | | | | | |
| 重文 | | | | | | | |
| 六書分類 | | | | | | | |

| | | | | | | | |
|---|---|---|---|---|---|---|---|
| | | | | | | 篆文 | |
| | | | | | | 古文字 | |
| | | | | | | 楷書（ㄎㄞˇ ㄕㄨ） | |
| | | | | | | 本義 | 解釋 |
| | | | | | | 構造 | |
| | | | | | | 重文 | |
| | | | | | | 六書分類 | |

| | | | | | | |
|---|---|---|---|---|---|---|
| 篆文 | | | | | | |
| 古文字 | | | | | | |
| 楷書 | | | | | | |
| 解釋：本義 | | | | | | |
| 解釋：構造 | | | | | | |
| 重文 | | | | | | |
| 六書分類 | | | | | | |

| | | | | | | |
|---|---|---|---|---|---|---|
| | | | | | | 篆文 |
| | | | | | | 古文字 |
| | | | | | | 楷書 |
| | | | | | | 解釋：本義 |
| | | | | | | 解釋：構造 |
| | | | | | | 重文 |
| | | | | | | 六書分類 |

| | | | | | | |
|---|---|---|---|---|---|---|
| 篆文 | | | | | | |
| 古文字 | | | | | | |
| 楷ㄎㄞˇ書ㄕㄨ | | | | | | |
| 解釋：本義 | | | | | | |
| 解釋：構造 | | | | | | |
| 重文 | | | | | | |
| 六書分類 | | | | | | |

| | | | | | | |
|---|---|---|---|---|---|---|
| 篆文 | | | | | | |
| 古文字 | | | | | | |
| 楷書 | | | | | | |
| 解釋 本義 | | | | | | |
| 解釋 構造 | | | | | | |
| 重文 | | | | | | |
| 六書分類 | | | | | | |

| | | | | | | | |
|---|---|---|---|---|---|---|---|
| 篆文 | | | | | | | |
| 古文字 | | | | | | | |
| 楷ㄎㄞˇ書ㄕㄨ | | | | | | | |
| 解釋 | 本義 | | | | | | |
| | 構造 | | | | | | |
| 重文 | | | | | | | |
| 六書分類 | | | | | | | |

| | | | | | | |
|---|---|---|---|---|---|---|
| 篆文 | | | | | | |
| 古文字 | | | | | | |
| 楷書 | | | | | | |
| 解釋 本義 | | | | | | |
| 解釋 構造 | | | | | | |
| 重文 | | | | | | |
| 六書分類 | | | | | | |

| | | | | | | |
|---|---|---|---|---|---|---|
| 篆文 | | | | | | |
| 古文字 | | | | | | |
| 楷ㄎㄞˇ書ㄕㄨ | | | | | | |
| 解釋：本義 | | | | | | |
| 解釋：構造 | | | | | | |
| 重文 | | | | | | |
| 六書分類 | | | | | | |

| | | | | | | | |
|---|---|---|---|---|---|---|---|
| 篆文 | | | | | | | |
| 古文字 | | | | | | | |
| 楷ㄎㄞˇ書ㄕㄨ | | | | | | | |
| 解釋 | 本義 | | | | | | |
| | 構造 | | | | | | |
| 重文 | | | | | | | |
| 六書分類 | | | | | | | |

| | | | | | | |
|---|---|---|---|---|---|---|
| 篆文 | | | | | | |
| 古文字 | | | | | | |
| 楷(ㄎㄞˇ)書(ㄕㄨ) | | | | | | |
| 解釋：本義 | | | | | | |
| 解釋：構造 | | | | | | |
| 重文 | | | | | | |
| 六書分類 | | | | | | |

| | | | | | | | |
|---|---|---|---|---|---|---|---|
| 篆文 | | | | | | | |
| 古文字 | | | | | | | |
| 楷書 | | | | | | | |
| 解釋 | 本義 | | | | | | |
| | 構造 | | | | | | |
| 重文 | | | | | | | |
| 六書分類 | | | | | | | |

| | | | | | | |
|---|---|---|---|---|---|---|
| 篆文 | | | | | | |
| 古文字 | | | | | | |
| 楷(ㄎㄞˇ)書(ㄕㄨ) | | | | | | |
| 解釋：本義 | | | | | | |
| 解釋：構造 | | | | | | |
| 重文 | | | | | | |
| 六書分類 | | | | | | |

| | | | | | | |
|---|---|---|---|---|---|---|
| 篆文 | | | | | | |
| 古文字 | | | | | | |
| 楷ㄎㄞˇ書ㄕㄨ | | | | | | |
| 解釋 本義 | | | | | | |
| 解釋 構造 | | | | | | |
| 重文 | | | | | | |
| 六書分類 | | | | | | |

| | | | | | | |
|---|---|---|---|---|---|---|
| 篆文 | | | | | | |
| 古文字 | | | | | | |
| 楷(ㄎㄞˇ)書(ㄕㄨ) | | | | | | |
| 解釋 本義 | | | | | | |
| 解釋 構造 | | | | | | |
| 重文 | | | | | | |
| 六書分類 | | | | | | |

| | | | | | | | |
|---|---|---|---|---|---|---|---|
| 篆文 | | | | | | | |
| 古文字 | | | | | | | |
| 楷ㄎㄞˇ書ㄕㄨ | | | | | | | |
| 解釋 | 本義 | | | | | | |
| | 構造 | | | | | | |
| 重文 | | | | | | | |
| 六書分類 | | | | | | | |

| | | | | | | |
|---|---|---|---|---|---|---|
| 篆文 | | | | | | |
| 古文字 | | | | | | |
| 楷ㄎㄞˇ書ㄕㄨ | | | | | | |
| 解釋 本義 | | | | | | |
| 解釋 構造 | | | | | | |
| 重文 | | | | | | |
| 六書分類 | | | | | | |

| | | | | | | |
|---|---|---|---|---|---|---|
| 篆文 | | | | | | |
| 古文字 | | | | | | |
| 楷(ㄎㄞˇ)書(ㄕㄨ) | | | | | | |
| 解釋 本義 | | | | | | |
| 解釋 構造 | | | | | | |
| 重文 | | | | | | |
| 六書分類 | | | | | | |

| | | | | | | | |
|---|---|---|---|---|---|---|---|
| | | | | | | | 篆文 |
| | | | | | | | 古文字 |
| | | | | | | | 楷ㄎㄞˇ書ㄕㄨ |
| | | | | | | 本義 | 解釋 |
| | | | | | | 構造 | |
| | | | | | | | 重文 |
| | | | | | | | 六書分類 |

| | | | | | | |
|---|---|---|---|---|---|---|
| 篆文 | | | | | | |
| 古文字 | | | | | | |
| 楷ㄎㄞˇ書ㄕㄨ | | | | | | |
| 解釋：本義 | | | | | | |
| 解釋：構造 | | | | | | |
| 重文 | | | | | | |
| 六書分類 | | | | | | |

| | | | | | | | |
|---|---|---|---|---|---|---|---|
| 篆文 | | | | | | | |
| 古文字 | | | | | | | |
| 楷(ㄎㄞˇ)書(ㄕㄨ) | | | | | | | |
| 解釋 | 本義 | | | | | | |
| | 構造 | | | | | | |
| 重文 | | | | | | | |
| 六書分類 | | | | | | | |

| | | | | | | |
|---|---|---|---|---|---|---|
| 篆文 | | | | | | |
| 古文字 | | | | | | |
| 楷書 | | | | | | |
| 解釋：本義 | | | | | | |
| 解釋：構造 | | | | | | |
| 重文 | | | | | | |
| 六書分類 | | | | | | |

| | | | | | | |
|---|---|---|---|---|---|---|
| 篆文 | | | | | | |
| 古文字 | | | | | | |
| 楷ㄎㄞˇ書ㄕㄨ | | | | | | |
| 解釋：本義 | | | | | | |
| 解釋：構造 | | | | | | |
| 重文 | | | | | | |
| 六書分類 | | | | | | |

國家圖書館出版品預行編目資料

說文解字：540部首簿／周碧香著. -- 初版.
-- 臺北市：五南圖書出版股份
有限公司, 2022.09
面；　公分
ISBN 978-626-343-293-2（平裝）

1.說文解字　2.中國文字　3.漢字

802.27　　111013694

1XMY　語言文字學系列

# 說文解字
# 540部首簿

作　　者 — 周碧香
發 行 人 — 楊榮川
總 經 理 — 楊士清
總 編 輯 — 楊秀麗
副總編輯 — 黃惠娟
責任編輯 — 羅國蓮
封面設計 — 韓衣非
出 版 者 — 五南圖書出版股份有限公司
地　　址：106臺北市大安區和平東路二段339號4樓
電　　話：(02)2705-5066　　傳　　真：(02)2706-6100
網　　址：https://www.wunan.com.tw
電子郵件：wunan@wunan.com.tw
劃撥帳號：01068953
戶　　名：五南圖書出版股份有限公司
法律顧問　林勝安律師事務所　林勝安律師
出版日期　2022年9月初版一刷
定　　價　新臺幣150元